麥爾安德

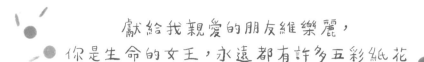

獻給我親愛的朋友維樂麗，
你是生命的女王，永遠都有許多五彩紙花

Thinking 069

一起玩，聽誰的？
MAYA'S BIG SCENE

文・圖｜伊莎貝爾・阿瑟諾 ISABELLE ARSENAULT
譯　者｜黃筱茵

字畝文化創意有限公司

社長兼總編輯｜馮季眉
責任編輯｜陳曉慈
美術設計｜蕭雅慧

出　　版｜字畝文化／遠足文化事業股份有限公司
發　　行｜遠足文化事業股份有限公司（讀書共和國出版集團）
地　　址｜231 新北市新店區民權路 108-2 號 9 樓
電　　話｜(02) 2218-1417
傳　　真｜(02) 8667-1065
客服信箱｜service@bookrep.com.tw
網路書店｜www.bookrep.com.tw
團體訂購請洽業務部　(02) 2218-1417 分機 1124

法律顧問｜華洋法律事務所　蘇文生律師
印　　製｜中原造像股份有限公司

出版日期｜2021 年 10 月　初版一刷
　　　　　2024 年 7 月　初版三刷
定　　價｜320 元
書　　號｜XBTH0069
ISBN｜978-986-0784-01-5（精裝）

國家圖書館出版品預行編目(CIP)資料

一起玩，聽誰的？／伊莎貝爾・阿瑟諾作；黃筱茵譯. -- 初版.
-- 新北市：字畝文化出版：遠足文化事業股份有限公司發行,
2021.10
48 面；19×24.5 公分　譯自：MAYA'S BIG SCENE
ISBN 978-986-0784-01-5（精裝）

873.599　　　　　　　　　　　　　　　　　　110008451

一起玩，聽誰的？

MAYA'S BIG SCENE

伊莎貝爾·阿瑟諾 ISABELLE ARSENAULT 文·圖

黃筱茵 譯

可是我們已經
排演一整天了耶！

我知道，可是
再一次就好了……

我想確定所有的一切
都很完美。

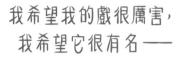

我希望我的戲很厲害，
我希望它很有名——

我希望它
超級精采！

來吧，大家！

我們可以的！

好吧……

我們從革命的那一幕開始。
吉米，你站這裡，湯姆，你到那邊去，騎上你的馬。

現在請所有人
安靜！噓！

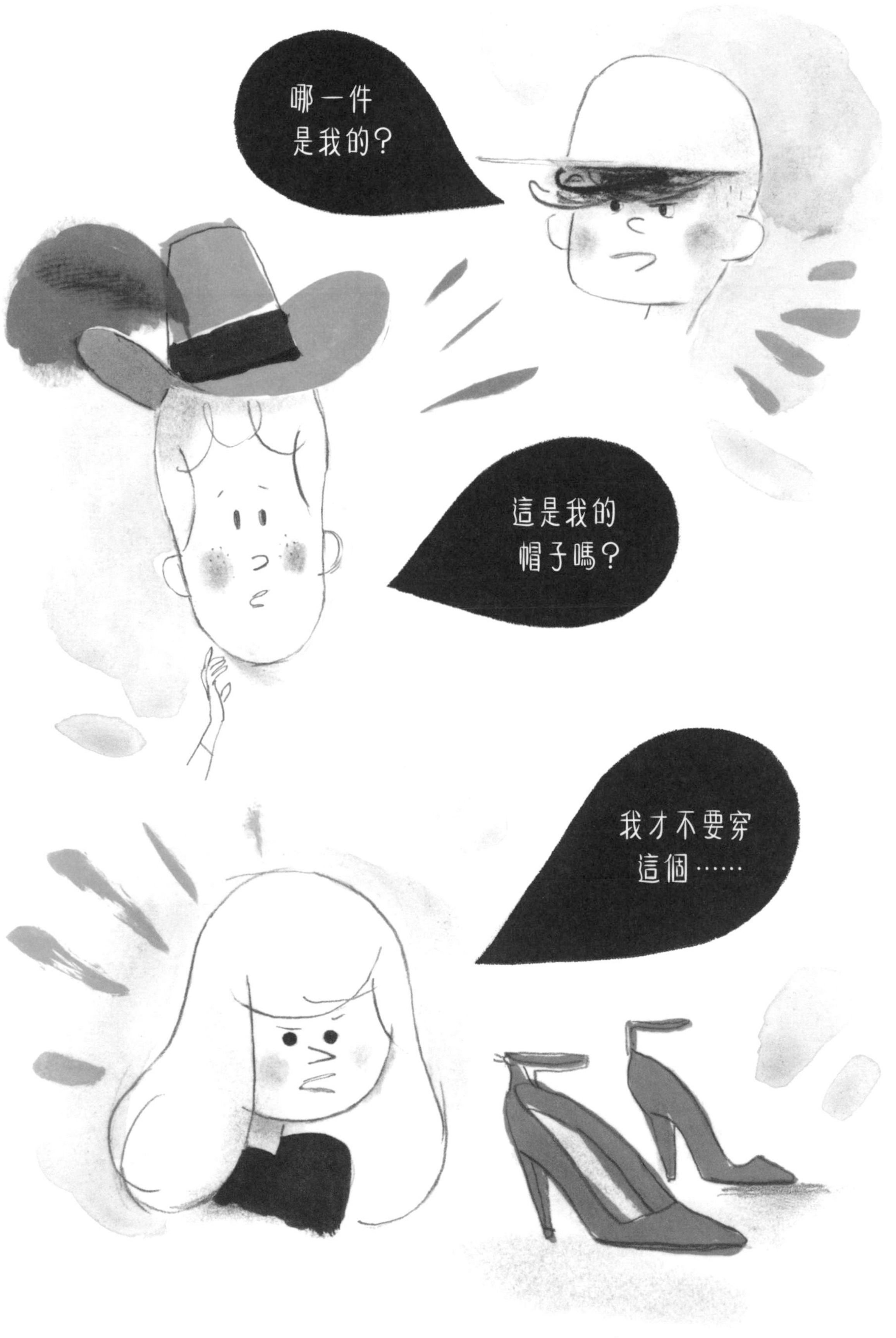
哪一件
是我的？
這是我的
帽子嗎？
我才不要穿
這個……

等一下。
你是要一位國王穿
這個……這件……
粉紅色的東西?

粉紅色
有什麼問題嗎?

我不喜歡
粉紅色!

這個嘛,
在我的女王國裡,
國王就是穿這樣。

那我的鞋子呢？

劍客才不穿
這種鞋。

在我的女王國，
劍客就是穿這種鞋。

我的女王國，
我說離開才
可以離開！

誰會爲我
騎上這匹馬？

誰會和我一起踏上
偉大的旅程？

誰會和我一同建造
女王的國度？

誰會和我一起
為這塊自由、尊重又平等
的土地努力？

如果您是這個國度的女王，
那我們就不會是
平等的……

這一點再清楚
不過了。

我想我應該要
和我的子民們
平等才對⋯⋯

因為我也是
人民的一分子。

太棒了！

演得真好！

太精采啦！

戲劇女王
瑪雅！

你們真的這麼
想嗎？

好耶！

作者

伊莎貝爾·阿瑟諾 ISABELLE ARSENAULT

伊莎貝爾·阿瑟諾是加拿大最有成就的童書插畫家之一，其作品《小狼不哭》曾榮獲加拿大總督文學獎；《簡愛，狐狸與我》則榮獲《紐約時報》年度最佳插畫獎；《候鳥》贏得《紐約時報》年度最佳童書插畫獎，同時入圍加拿大總督文學獎決選。麥爾安德社區小故事系列，其他作品包含《寵物不見了》、《世界啊，請讓我靜一靜》。

譯者

黃筱茵

國立臺灣師範大學英語研究所博士班〈文學組〉學分修畢。曾任編輯，翻譯過繪本與青少年小說等超過 280 冊，擔任過文化部中小學生優良課外讀物評審與九歌少兒文學獎評審等，並為報章書本撰寫許多導讀文字。近年來也撰寫專欄、擔任講師，推廣繪本文學與青少年小說。希望透過故事，了解生命中的歡喜、悲傷，並認識可以一起喝故事茶的好朋友。

克拉克大道